Le défi des
LOUPS GRIS

Le défi des
LOUPS GRIS

Sigmund Brouwer &
Gaston Gingras

illustré par Dean Griffiths

ORCA BOOK PUBLISHERS

Catalogage avant publication de Bibliothèque et Archives Canada

Brouwer, Sigmund, 1959-
[Timberwolf challenge. Français]
Le défi des Loups gris / Sigmund Brouwer et Gaston Gingras ; illustrations de Dean Griffiths.

(Les loups gris)
(Orca echoes)
Traduction de: Timberwolf challenge.
Publ. aussi en format électronique.
ISBN 978-1-55469-812-7

I. Gingras, Gaston, 1959- II. Griffiths, Dean, 1967- III. Titre.
IV. Titre: Timberwolf challenge. Français. V. Collection: Brouwer,
Sigmund, 1959- . Loups gris. VI. Collection: Orca echoes

PS8553.R68467T542514 2011   JC813'.54   C2011-900305-8

Publié en premier lieu aux États-Unis, 2011
Numéro de contrôle de la Library of Congress : 2010943314

Résumé : Victime des plaisanteries de ses amis Tom et Stu, Johnny Maverick se retrouve
pris au piège de sa propre campagne de collecte de fonds.

*Orca Book Publishers se préoccupe de la préservation de l'environnement; ce livre a été imprimé
sur du papier certifié par le Forest Stewardship Council®.*

Orca Book Publishers remercie les organismes suivants pour l'aide reçue dans le cadre de leurs
programmes de subventions à l'édition : Fonds du livre du Canada et Conseil des Arts du Canada
(gouvernement du Canada) ainsi que BC Arts Council et Book Publishing Tax Credit
(province de la Colombie-Britannique).

Conception de la page couverture par Doug McCaffry
Illustration de la page couverture par Dean Griffiths

ORCA BOOK PUBLISHERS
PO Box 5626, Stn. B
Victoria, BC Canada
V8R 6S4

ORCA BOOK PUBLISHERS
PO Box 468
Custer, WA USA
98240-0468

www.orcabook.com
Imprimé et relié au Canada.

14 13 12 11 • 4 3 2 1

Chapitre premier
Le réveil

Aujourd'hui, c'est samedi. Johnny Maverick dort paisiblement dans sa chambre lorsqu'il entend les voix de ses amis Tom Morgan et Stu Duncan dans le corridor. La mère de Johnny les a encore laissés entrer dans la maison pour le réveiller. Pourtant, ils savent bien que Johnny déteste se réveiller tôt les samedis! C'est la raison pour laquelle ils aiment se rendre chez lui de bonne heure pour l'ennuyer.

Johnny, Tom et Stu jouent tous les trois pour l'entraîneur Gaston Gingras, dans l'équipe de hockey des Loups gris à Gaston. Ils vivent à Howling, une petite ville du Québec. C'est la première saison de Tom au sein de l'équipe depuis que lui et sa famille ont déménagé de Montréal. Stu et Johnny, pour leur part, ont grandi à Howling.

Voici que Tom et Stu frappent à la porte. Johnny ne répond pas. À moins qu'il y ait une partie de hockey ou une séance d'entraînement, il ne répond jamais le samedi matin. Souvent, Tom et Stu doivent même le tirer hors du lit! C'est l'autre raison pour laquelle ils adorent se rendre chez Johnny. Celui-ci se débat toujours, donne des coups de pied et crie lorsque ses amis l'attrapent.

Ils cognent de nouveau, mais rien ne se passe. Ils ouvrent alors doucement la porte.

— Petit Johnny, dit Tom, comme s'il parlait à un bébé. Ta maman a dit qu'il était temps de changer ta couche!

Johnny ne trouve pas ça drôle. Tous les samedis, Tom dit exactement la même chose.

Stu, lui, rit de bon cœur chaque samedi lorsque Tom fait cette plaisanterie.

— Il doit probablement encore dormir, chuchote Stu. Sa tête est cachée sous les couvertures.

Johnny sait qu'il a l'air de dormir, car il a tout prévu. La veille au soir, il a mis des serviettes dans des taies d'oreillers pour simuler la forme de son corps dans son lit.

En vérité, Johnny n'est pas dans son lit. Il est caché en dessous.

— Oui, répond Tom, tirons-le hors du lit.

— Et jetons-lui de l'eau froide à la figure cette fois, dit Stu. Il en a probablement assez de nous voir faire la même blague tous les samedis.

Ils ont bien raison sur ce point! Johnny veut que ses amis arrêtent de l'agacer tous les week-ends. C'est d'ailleurs pour cette raison qu'il s'est caché sous le lit.

— Il doit dormir, ajoute Tom. S'il était réveillé, il ne nous laisserait jamais nous approcher du lit avec de l'eau froide.

Silence.

Stu chuchote alors :

— C'est vrai, s'il était réveillé, il se sauverait en courant. Il déteste l'eau froide…

— Autant qu'il déteste se faire réveiller le samedi matin! dit Tom. On va bien s'amuser.

Les voici qui s'avancent doucement vers le lit.

Johnny voit leurs jambes. Il sait qu'ils approchent et anticipe ce qui va se passer.

Sous les couvertures, Johnny a placé un masque au visage grimaçant.

— Je vais soulever la couverture, chuchote Stu à Tom. Toi, tu jettes l'eau.

— À mon signal, dit Tom. Un. Deux. Trois. Go!

Stu soulève la couverture d'un coup.

— Aaaah! crient-ils à l'unisson.

Le masque est vraiment effrayant!

Johnny, qui se trouve toujours sous le lit, agrippe au même moment l'une des chevilles de Tom, puis celle de Stu. Il tire très fort afin qu'ils pensent qu'un monstre est en train de les tirer sous le lit.

— Aaaah! hurle Tom.

Il recule instantanément et tombe sur les fesses.

— Aaaah! crie Stu.

Il tente de reculer à son tour et se retrouve lui aussi sur les fesses. Il faut dire que Stu est un garçon assez corpulent, et donc, pas très rapide. Cela rend la situation encore plus hilarante.

Johnny sent de l'eau lui tomber sur la main. Tout s'est passé très rapidement et Tom a été tellement surpris lorsqu'il a vu le masque qu'il a jeté le verre d'eau en l'air.

Johnny tire de nouveau les chevilles de ses deux amis et sort enfin de dessous le lit.

— Toi? dit Stu. Je le savais depuis le début! Je n'ai pas eu peur du tout.

— Toi! dit Tom. Je le savais aussi. J'avais encore moins peur que Stu. Je te le dis!

En voyant leur réaction, Johnny ne peut s'empêcher de rire. Il rit tellement qu'une substance liquide et visqueuse s'échappe de son nez. Ça lui est égal, il est trop content de s'être vengé de ses amis. Ils l'ont réveillé trop souvent et méritaient cette petite leçon.

Mais le meilleur reste encore à venir. En effet, Johnny a filmé la scène du début à la fin. La veille, il a installé une caméra vidéo dans un des coins de la chambre. Ses amis ne peuvent pas faire comme si rien ne s'était passé, il a la preuve entre les mains!

Chapitre deux
Une nouvelle idée

— Une caméra vidéo! dit Stu, stupéfait.

Son visage est tout rouge.

— Ça n'est pas très sympa, dit Tom. Et ça me met même en colère!

Johnny vient tout juste de leur annoncer la nouvelle. Les garçons sont assis à table et mangent leur petit déjeuner. La mère de Johnny a déposé devant eux une assiette remplie de crêpes appétissantes, mais une minute à peine s'est écoulée que Stu a déjà pris la moitié de la pile.

— Je sais que ce n'est pas très sympa, dit Johnny. Mais je crois que la vraie raison pour laquelle vous êtes fâchés, c'est que vous n'y avez pas pensé avant moi.

— C'est vrai, se résigne Tom.

Stu ne dit rien. Il est beaucoup trop occupé à finir son assiette de crêpes. Il pense pouvoir se resservir discrètement tandis que Tom et Johnny discutent.

— Ne sois pas fâché, dit Johnny à Tom. Tu sais que c'est pour une bonne cause. Ce sera le meilleur moyen de gagner de l'argent.

Les vacances d'été sont presque terminées et l'entraîneur Gingras a demandé à l'équipe des Loups gris à Gaston de collecter de l'argent pour le compte d'un organisme qui vient en aide à des enfants dans différents pays du monde. Les garçons sont particulièrement motivés, car celui d'entre eux qui réussira à recueillir le plus d'argent gagnera des billets de hockey pour aller voir l'équipe des Canadiens de Montréal. C'est d'autant plus excitant que l'entraîneur Gingras lui-même a joué dans cette équipe et a gagné une Coupe Stanley. Tous les joueurs ont d'ailleurs une photo de lui autographiée et sont ravis de l'avoir comme entraîneur.

— Combien veux-tu pour la vidéo? questionne Tom.

— Le plus possible, lui répond Johnny.

— Je n'ai pas beaucoup d'argent, dit Stu.

Du moins, c'est ce qu'il leur semble avoir entendu, mais comme Stu a la bouche pleine, c'est difficile de le comprendre.

— Je vais trouver un moyen de payer Johnny pour nous deux, dit Tom à Stu. Il faut absolument lui acheter la vidéo avant qu'il ne la montre aux autres. On doit avoir l'air ridicules.

— C'est vrai, vous avez vraiment l'air ridicules, répond Johnny tout en regardant Stu qui est occupé à manger.

Il ne fait aucun doute que son camarade est plus doué pour engloutir des crêpes que pour jouer au hockey!

— Et c'est bien pour ça que je vais collecter beaucoup d'argent, ajoute-t-il.

— Je ne comprends pas, dit Tom.

— C'est très simple, lui répond Johnny. Cette vidéo aura un grand succès auprès des habitants de Howling. Je les laisserai la regarder en échange d'un don à l'organisme de charité. Après tout, c'est pour une bonne cause et l'entraîneur Gingras sera fier de nous.

— Ils vont tous rire de nous, dit Tom désespéré. C'est cruel de ta part.

— Mais intelligent, ajoute Stu. Tu dois l'admettre.

— Attendez, ce n'est pas fini! dit Johnny. Lorsque tout le monde aura payé pour la voir, vous pourrez toujours donner de l'argent si vous voulez la récupérer.

— Pourquoi est-ce qu'on ferait ça? dit Tom. Le mal aura déjà été fait.

— Seulement dans la ville de Howling, dit Johnny fier de son coup. Voulez-vous que la vidéo soit postée sur Internet aussi?

— Ça, c'est méchant, dit Tom.

— Oui, carrément méchant, dit Stu.

Il a terminé de manger ses crêpes. Il est plus facile de le comprendre.

— Mais très intelligent, ajoute-t-il.

— Si seulement j'y avais pensé avant, dit Tom.

Stu, lui, ne répond pas. Il réfléchit à la meilleure façon d'atteindre l'assiette de crêpes sans que ses amis ne le remarquent.

— Si tu penses que c'est une si bonne idée, dit Johnny à Tom, peut-être que nous ne sommes pas obligés de nous arrêter à cette vidéo.

— Tu ne veux pas dire ce que je pense que tu veux dire, dit Tom.

— Si, dit Johnny.

— Qu'est-ce qu'il veut dire? demande Stu.

Du moins, c'est ce que Johnny et Tom ont compris. Il vient d'entamer sa deuxième assiette de crêpes et un filet de sirop d'érable lui coule sur le menton.

— Ce qu'il veut dire, c'est que nous pourrions jouer des tours aux habitants de Howling, dit Tom exaspéré. Nous pourrions les filmer et les utiliser pour recueillir de l'argent.

— Tu penses que l'entraîneur Gingras sera d'accord? demande Stu.

— Ce qui est important c'est de l'aider, dit Johnny. Après tout, c'est pour une bonne cause. Autrement, je ne ferais jamais une chose pareille...

Chapitre trois
Les vaches

C'est l'après-midi. Johnny, Tom et Stu se rendent à l'extérieur de la ville en bicyclette. Il fait un temps magnifique. Ils s'arrêtent devant un champ pour regarder les vaches brouter.

— Es-tu certain que ce soit une bonne idée? demande Stu.

Sa voiture téléguidée tout-terrain est dans son sac à dos. Celle-ci lui a coûté très cher.

Johnny descend de sa bicyclette.

— Bien sûr que c'est une bonne idée, dit Johnny. Est-ce qu'il m'arrive d'avoir de mauvaises idées?

— Est-ce que les chiens ont des puces? demande Stu.

Il descend de sa bicyclette à son tour.

— Est-ce que les vaches font caca? demande Tom.

Il descend de sa bicyclette, lui aussi.

— C'est bon, c'est bon, j'ai compris, dit Johnny, mais vous pouvez me faire confiance, je suis certain que cette vidéo fera fureur.

— Ce n'est pas ta voiture téléguidée, dit Stu. Tu n'as pas économisé pendant six mois pour l'acheter.

— Oui, mais c'est ma caméra qu'on utilise je te rappelle, dit Johnny.

— Ta caméra va être en sécurité de ce côté de la clôture, dit Stu. Ma voiture électrique, elle, sera de l'autre côté et pourra se faire piétiner par un troupeau de vaches enragées.

— Les vaches en auront peur, dit Johnny en guise de réponse. En plus, rappelle-toi que c'est pour une bonne cause. Souviens-toi qu'on doit aider l'entraîneur Gingras.

— L'idée de faire peur aux vaches ne me plaît pas, dit Stu. Ce sont des animaux que j'aime. Je dirais même que je les admire.

— Tout se passera bien, dit Johnny. Aie confiance en moi.

Stu ouvre son sac pour en sortir sa belle voiture téléguidée et sa commande à distance. Les vaches continuent à brouter sans se douter de rien. Johnny se demande si c'est pour cette raison que Stu les aime tant. Il y a entre eux une ressemblance assez frappante.

Johnny commence à filmer Tom.

— Veux-tu dire quelques mots, Tom? interroge Johnny.

— Oui, dit Tom. Aurais-tu une idée d'un mauvais coup que nous pourrions faire à mon cousin de Montréal demain?

— C'est loin Montréal, dit Johnny. On devrait en rester à notre plan initial, c'est-à-dire faire des blagues aux gens de Howling. De cette manière, on peut facilement les filmer et vendre les vidéos. Les habitants seront prêts à payer davantage s'ils connaissent la personne qui a été attrapée.

— Mon cousin arrive à Howling demain, dit Tom. Il sera ici pour une semaine. Et je te promets qu'après une semaine tout le monde saura qui il est.

— On aura tout le temps pour lui jouer un tour, alors, dit Johnny. Tout ça pour une bonne cause, évidemment.

— En plus, mon cousin est meilleur que moi en tout et ça m'énerve, dit Tom. Ce serait une sorte de vengeance.

— Est-ce qu'il est plus vieux que toi? lui demande Johnny.

— Non, on a le même âge et la même taille, répond Tom. C'est la raison pour laquelle ça m'énerve autant. Enfin, en partie…

— L'autre partie, c'est quoi? demande Johnny.

— À vrai dire, mon « cousin » est une fille, dit Tom embarrassé.

— Tu n'es pas capable d'être meilleur qu'une fille? dit Johnny. Je n'y crois pas.

— Attends de la voir, dit Tom. Elle te battra toi aussi dans n'importe quel domaine. Ensuite, elle rira de toi.

— Ça reste à voir, dit Johnny.

Tom et lui ont des résultats équivalents dans plusieurs disciplines. Ils courent presque à la même vitesse, ont la même force lorsqu'ils s'affrontent au bras de fer, et sont du même calibre au hockey.

— Je ne laisserai jamais une fille me battre.

— Je t'aurai prévenu, dit Tom. Lorsque tu seras fâché, ne le sois pas contre moi. En plus, tu as enregistré toute notre conversation alors tu ne risques pas d'oublier.

— Je ne me fâcherai pas, dit Johnny. Je n'ai pas peur d'elle.

— Nous enregistrerons tous les défis alors, dit Tom.

— Les défis? demande Johnny.

— Bien sûr, dit Tom. Tu as oublié? C'est pour une bonne cause. Tu n'as pas peur j'espère?

— Peur d'une fille? dit Johnny en secouant la tête. Jamais!

Johnny s'adresse alors à Stu :

— Es-tu prêt à faire courir les vaches dans tous les sens?

— Oui, répond Stu. Mais je n'aime pas ça. Qu'arrivera-t-il si ça tourne mal? Par exemple, si les vaches s'affolent, défoncent la clôture et nous piétinent?

— Je te dis que tout se passera bien. Rien ne peut arriver, le rassure Johnny. De toute manière, c'est pour une bonne cause, on veut aider notre entraîneur.

Chapitre quatre
Un camion à ordures?

Stu manipule la commande à distance pour diriger sa voiture. Elle se met à avancer à travers champs en direction du troupeau de vaches.

— Ça va être génial, dit Johnny tout en filmant la scène. Essaie de foncer sur la patte d'une des vaches avec ta voiture! Ça devrait la faire bondir aussi haut que vous ce matin lorsque vous avez vu le masque.

— Je n'étais pas vraiment effrayé, dit Tom. Je faisais semblant.

— Moi aussi, dit Stu à son tour. Nous n'avions pas peur, tu te rappelles?

— C'est vrai, dit Johnny. Comment pourrais-je l'oublier? De toute manière, même si c'était le cas, j'ai toujours l'enregistrement pour me le rappeler. Vous vous souvenez?

— Je ne t'entends plus, dit Stu.

— C'est parce que tu ne veux plus m'écouter, rétorque Johnny.

— Non, dit Stu. C'est parce que j'essaie de me concentrer sur la commande à distance. Ma voiture téléguidée est...

— Coincée, coupe Johnny.

En regardant à travers la lentille de sa caméra, il s'est rendu compte que la voiture a arrêté de bouger. Que se passe-t-il?

Ils entendent pourtant le moteur de la voiture.

— On dirait que les roues tournent dans le vide, dit Tom.

— Oui, dit Stu. Mais je n'arrive pas à comprendre pourquoi.

— Je le sais moi, dit Johnny.

Il a fait un gros plan sur la voiture pour voir ce qui se passe.

— Tu as conduit ta voiture en plein dans une bouse de vache toute fraîche.

Stu se met à gémir :

— Je savais que ça allait mal se passer.

— Ce n'est pas un problème, dit Johnny. Tom va aller la dégager!

— C'est gros, une vache, dit Tom. En plus, elles ont de grandes dents. Et des mâchoires puissantes.

— Elles ne mordent pas, dit Johnny pour le rassurer.

— Sauf si tu ressembles à un bout d'herbe verte, dit Stu.

— Je viens de Montréal, dit Tom. Je n'y connais rien aux vaches. Les garçons des villes n'ont jamais affaire aux vaches. Tu dois y aller, Johnny.

Johnny regarde toujours dans sa caméra. Il la dirige d'un côté puis de l'autre. Il vient de s'apercevoir qu'un taureau se tient parmi le troupeau. Il a de grosses cornes pointues.

— Peut-être que Stu devrait encore essayer de décoincer sa voiture, dit Johnny.

— J'essaie, tu peux me croire! dit Stu désespéré.

— Continue, parce qu'une vache se dirige droit dessus! dit Tom.

Johnny tourne la caméra vers la vache dont Tom vient de parler. Elle est énorme, avec de grosses taches noires.

— Je vous avais dit que ça allait mal se passer, se lamente Stu de nouveau. Pourquoi est-ce que j'ai toujours raison pour ces choses-là?

— Calme-toi, dit Johnny. Quelles sont les chances que la vache la piétine?

— Elles s'améliorent à chaque seconde, dit Tom à moitié amusé, voyant que la vache se rapproche dangereusement.

Johnny continue à filmer. Il sait d'avance que les habitants de Howling vont adorer cette scène.

— Va-t'en! crie Tom à la vache. Vas brouter ton herbe ailleurs, gros… toutou!

— Gros toutou? s'exclame Johnny. Tu avais raison Tom. Tu n'y connais strictement rien aux vaches.

— Faites quelque chose! dit Stu. Je vous en prie!

Mais Johnny ne bouge pas et continue de filmer comme si de rien n'était. Les gens de Howling vont adorer, se dit-il intérieurement.

La vache avance, mais, par chance, ne piétine pas la voiture. Elle est tellement proche toutefois que la voiture se trouve juste en dessous de sa queue. Elle fait alors quelque chose de pire que d'écraser la voiture téléguidée…

— Wow! dit Tom. Ça, c'était impressionnant! Dommage que ta voiture téléguidée ne soit pas un camion à ordures.

Johnny fait un gros plan sur celle-ci. On ne voit plus que son antenne, le reste est complètement enseveli.

— C'est tout ce que tu trouves à dire? dit Stu. C'est ma voiture téléguidée toute neuve qui est sous ce truc-là!

— Mais pense à ce que ça aura l'air sur la vidéo, dit Johnny. Nous allons avoir beaucoup de succès,

surtout auprès des gars, car nous adorons ce genre
de choses, pas vrai?

— Oui, c'est vrai, répond Tom. Et le plus beau
dans tout ça, c'est que c'est pour une bonne cause.
L'entraîneur Gingras sera fier de nous!

Chapitre cinq
Une leçon

Johnny et Stu observent la cousine de Tom qui se dirige vers eux. Les garçons l'attendent à côté d'une clôture, pas très loin de la cour de récréation de l'école. Cette fois, c'est Stu qui tient la caméra.

— Je me demande où est Tom, dit Johnny directement à la caméra.

— Il a dit qu'il ne peut pas te voir perdre, répond Stu. As-tu quelque chose à lui répondre?

— Je ne laisserai jamais une fille me battre, dit Johnny.

Stu a pointé la caméra sur la cousine de Tom, car elle est maintenant toute proche.

— Bonjour, dit Stu. Peux-tu nous dire ton nom?

— Je m'appelle Tammy, dit-elle d'une voix aiguë.

Sa voix est étrange et grinçante.

— J'habite à Montréal et je suis en visite chez mon cousin Tom. Il vous a probablement prévenu. Je le bats dans tous les domaines et je suis ici pour gagner contre son ami dans une course.

Elle ne sourit pas. Elle porte une casquette sur ses longs cheveux blonds, des lunettes de soleil très foncées, et elle est habillée d'un t-shirt de hockey de l'équipe des Loups gris et d'un survêtement. Elle a aussi du rouge à lèvres, maladroitement posé.

— Es-tu prêt? demande Stu à Johnny en tournant la caméra vers lui.

Johnny porte lui aussi un t-shirt de l'équipe des Loups gris, ainsi qu'une paire de shorts.

— Je suis prêt, répond Johnny, confiant. Nous allons courir jusqu'à la clôture à l'autre bout du terrain.

Johnny et Tammy se placent côte à côte pour le départ. Tammy est la première à s'accroupir comme le font les coureurs professionnels et Johnny l'imite.

Stu se met derrière eux pour avoir une meilleure vue de la scène. De là, il fait un gros plan sur un hameçon, solidement fixé à du fil à pêche qui repose dans le gazon.

— Attendez un peu, dit Stu.

Il dépose la caméra sur le sol et va ramasser l'hameçon.

— Une grosse mouche!

— Où? demande Johnny.

— Là! dit Stu en donnant une grande claque sur la jambe droite de Johnny.

En même temps, de l'autre main, il accroche l'hameçon aux shorts de Johnny.

— Aïe! dit Johnny en massant sa jambe droite.

— Désolé, dit Stu.

— Tu n'as pas l'air désolé, réplique Johnny.

— Est-ce que tu veux te disputer? demande Stu. Ou tu préfères faire la course?

— La course, répond Johnny.

Stu reprend la caméra et fait un gros plan sur l'hameçon accroché aux shorts de Johnny. Il fait la même chose ensuite avec le fil à pêche. Il veut montrer aux gens que le fil est accroché à la clôture tout près. Puis, il revient sur Johnny et Tammy qui n'attendent que le signal de départ.

— À vos marques... Prêts... Partez! dit Stu.

Tammy et Johnny se mettent à courir à toute vitesse. Stu a gardé la caméra braquée sur Johnny en gros plan, car il sait ce qui va se passer. C'est une lutte très serrée, jusqu'à ce que Johnny atteigne la fin de la ligne et se retrouve alors comme un chien qui court jusqu'au bout de sa laisse et oublie qu'il est attaché. Le fil à pêche est solide. Pas assez pour faire tomber Johnny, mais suffisamment pour lui faire perdre ses shorts. Il se met à crier, s'emmêle les pieds et tombe.

Tammy ne s'arrête pas pour autant. La voici qui atteint la clôture.

— J'ai gagné! dit-elle de sa voix aiguë.

Johnny se relève sans ses shorts. Il ne s'est même pas rendu compte qu'il les a perdus. Le plus drôle, c'est que Johnny porte des caleçons de Barney et qu'il vient de réaliser qu'il est filmé.

Johnny se met à hurler en gesticulant.

— Arrête de filmer! crie-t-il à Stu. Arrête tout de suite!

Mais Stu ne l'écoute pas. Johnny renfile ses shorts et se rue sur son ami.

— Il faut effacer ça! dit Johnny.

— Tu n'as pas arrêté de jouer des tours aux gens de Howling, dit Stu. Ils seront ravis de faire un don pour regarder cette vidéo.

Johnny grogne, car il sait que Stu a raison.

— Et le meilleur dans tout ça, dit Stu, c'est que nous aidons l'entraîneur Gingras à collecter de l'argent pour une bonne cause!

Chapitre six
Encore des problèmes

Johnny et Stu sont assis sur le banc de leur équipe à l'aréna. Stu tient toujours la caméra.

L'entraîneur Gingras fait son entrée sur la patinoire.

— Salut les gars, dit-il. Ça fait plaisir de vous voir.

— Bonjour entraîneur Gingras, répond Johnny. Merci d'être venu. Je crois que vous allez prendre plaisir à regarder ce que nous allons vous montrer.

Pour ce défi, les garçons ont obtenu une permission spéciale pour utiliser la glace. En plus de l'entraîneur Gingras venu assister au spectacle, quelques spectateurs sont assis dans les estrades. Ils ont entendu parler de la défaite de Johnny contre

Tammy à la course et sont curieux de voir ce qui va se passer.

— J'ai toujours beaucoup de plaisir à vous regarder jouer, dit l'entraîneur Gingras.

Il affiche un petit sourire en coin.

— Alors, qu'avez-vous à me montrer?

— Nous sommes occupés à récolter de l'argent pour la bonne cause que vous défendez, dit Stu, en organisant des défis que nous filmons. Aujourd'hui, nous allons regarder Johnny se faire battre par une fille au hockey.

— Pas du tout! rétorque aussitôt Johnny. D'ailleurs, si jamais je perds, je m'engage à aller tondre le gazon chez l'entraîneur cette semaine.

— Ça, c'est une bonne idée, dit l'entraîneur Gingras en riant.

Stu a commencé à filmer la cousine de Tom qui se dirige droit sur eux. Comme c'est une fille, elle est allée se changer dans le vestiaire des visiteurs.

Stu tourne la caméra vers Johnny.

37

— Je me demande vraiment où est Tom, dit Johnny à la caméra.

— Comme je te l'ai dit tantôt, il préfère ne pas te voir perdre, dit Stu. As-tu quelque chose à lui répondre?

— Je ne laisserai jamais une fille me battre dans un défi lié au hockey, dit Johnny à Stu en fixant la caméra. Je te le promets.

Tammy est maintenant à côté des garçons. Elle porte le maillot de Tom ainsi que tout son équipement de hockey et ses longs cheveux blonds reposent sur ses épaules.

— Êtes-vous prêts? dit-elle d'une voix aiguë à travers son masque.

Sa voix est vraiment étrange.

— Prêt, dit Johnny.

En première partie du défi, Johnny doit défendre son filet pour empêcher Tammy de marquer un but. Il met un patin sur la glace et manque de tomber, mais il se ressaisit et se dirige vers la ligne bleue.

Tammy se met à patiner avec la rondelle derrière le filet opposé, puis revient vers Johnny. Celui-ci recule pour parer l'attaque. Elle fonce alors droit sur lui.

Pendant ce temps, Stu commente la scène.

— Les amis, ça devrait être vraiment intéressant. Johnny ne réalise pas que des bouts de papier collant ont été placés sous ses lames de patin.

C'est alors que Johnny perd l'équilibre, ce qui permet à Tammy de le contourner facilement et de marquer un but dans le filet désert.

Puis ils changent de place. Tammy défend le filet et Johnny se retrouve en position d'attaquant.

Stu continue à filmer et à commenter.

— Les amis, le papier collant devrait se détacher avant la fin du défi, mais ne vous inquiétez pas, Johnny n'a pas fini d'avoir des problèmes.

En effet, Johnny essaie de contourner Tammy, mais il tombe de nouveau. Cette fois-ci, il glisse dans la bande.

— Aïe! s'exclame Johnny, furieux.

Quelques personnes dans les estrades se mettent à applaudir Tammy.

Johnny se relève et se dirige vers le banc des joueurs.

— Je ne peux pas croire ce qui m'arrive, dit-il, déconcerté, à Stu.

— J'espère que tu vas gagner le concours de tirs au but alors, dit Stu tout en lançant une rondelle en direction de Johnny.

— Je vais y arriver, dit Johnny. Je te le promets.

Johnny patine vers le filet. Le papier collant s'est sans doute détaché de ses patins, car il ne tombe plus.

Stu continue à filmer Johnny. Des cibles ont été placées dans chaque coin du filet. Les lancers doivent être faits à la hauteur du cercle de mise au jeu. Johnny fait un lancer du poignet dans le haut du filet. Malheureusement, il manque complètement son tir.

Johnny se trouve beaucoup trop loin pour entendre Stu parler dans la caméra.

— Les amis, Johnny ne sait pas que j'ai percé un trou dans la rondelle et que j'ai remplacé la partie manquante par du métal peint en noir. De cette manière, la rondelle est déséquilibrée. Je crois qu'on va bien rire.

Johnny fait environ dix lancers au filet mais ne parvient à compter que deux fois. Il n'atteint aucune cible.

Ensuite, c'est au tour de Tammy. Elle se dirige vers le cercle de mise au jeu avec une rondelle différente. Elle marque à tous les coups et atteint les cibles cinq fois sur dix.

— J'ai gagné! dit-elle en levant son bâton de hockey dans les airs.

Johnny se dirige vers Stu la tête basse.

— Tu t'es fait battre à plate couture! dit Stu. As-tu des commentaires?

— Je n'arrive pas à croire que mes lancers étaient aussi mauvais, dit Johnny. Je crois qu'on devrait jeter la caméra dans les toilettes. Je ne veux pas qu'on voie ça…

— Encore une fois, tu as joué des mauvais tours à bien des personnes à Howling, dit Stu. Plusieurs d'entre elles vont donner beaucoup d'argent pour voir ça.

— Rendez-vous chez moi cette semaine pour tondre le gazon! crie l'entraîneur Gingras.

Johnny grogne.

— N'oubliez pas, les gars, ajoute Stu, c'est pour une bonne cause!

Chapitre sept
La revanche?

Johnny et Stu sont cachés derrière un arbre dans la cour chez Tom. Stu interviewe Johnny afin d'avoir ses impressions sur ce qui va se passer.

— Pour les personnes qui regarderont la vidéo, demande Stu, pourrais-tu nous expliquer ce que nous venons faire ici?

— Bien sûr, répond Johnny. Il est temps de montrer à cette fille de Montréal à qui elle a affaire.

— Même si elle t'a battu dans tous les défis jusqu'à maintenant? questionne Stu.

Johnny grogne.

— Tu trouves ça drôle de me le rappeler?

— Les habitants de Howling vont trouver la vidéo très drôle lorsqu'ils la verront, dit Stu.

— Voilà pourquoi j'ai besoin d'avoir le dernier mot, dit Johnny, un walkie-talkie à la main. Tom est censé m'avertir lorsque Tammy quittera la maison.

— Que feras-tu alors? demande Stu sur un ton sérieux, comme un journaliste de sport.

— J'ai placé le masque du monstre sur ton auto téléguidée, dit Johnny à la caméra, et je vais la guider jusqu'à Tammy.

Johnny montre du doigt la commande à distance, sur le gazon derrière un arbre.

— Lorsqu'elle sortira, continue Johnny, je vais diriger l'auto téléguidée droit sur elle. Ça aura l'air d'une tête qui bouge toute seule. Elle aura peur et nous pourrons nous moquer d'elle.

— Merci, dit Stu.

Soudain, Johnny et Stu entendent la voix de Tom dans le walkie-talkie.

— Elle quitte la maison!

Quelques secondes plus tard, la porte de la maison s'ouvre. Tammy porte une casquette sur ses longs cheveux blonds et ses lunettes de soleil noires. Elle lance un dernier coup d'œil dans la maison.

— À plus tard! crie-t-elle à quelqu'un.

— Nous sommes prêts, chuchote Johnny en regardant la caméra.

Johnny regarde Tammy et n'a pas remarqué que Stu a reculé. Il est en train de faire un gros plan sur un serpent accroché à une branche de l'arbre, tout prêt de Johnny.

Stu recommence à filmer Johnny.

— Elle est là, dit Johnny. En voyant une tête sans corps, c'est certain qu'elle aura une peur bleue!

Il met l'auto téléguidée en marche et la dirige vers Tammy. Le masque ressemble tellement à une tête que Johnny est tout excité d'assister à la réaction de la cousine de Tom.

Mais sa réaction n'est pas celle qu'il attendait. Elle ne sursaute pas et ne crie pas. Elle se contente de secouer la tête pour signifier qu'il s'agit d'une blague stupide.

— Quoi!? s'exclame Johnny éberlué. C'était mon meilleur truc!

Tammy se penche.

— Qu'est-ce qu'elle fait? demande Johnny.

Stu pendant ce temps continue à filmer, car le meilleur reste à venir.

— Pourquoi a-t-elle un fil à pêche à la main? ajoute-t-il.

Stu ne répond pas. Il a même reculé pour avoir un meilleur angle de vue sur la scène. Il pointe la caméra sur le serpent perché sur la branche. Celui-ci est attaché au fil à pêche que tient Tammy.

Tout à coup, Tammy tire sur le fil, ce qui fait tomber le serpent.

Celui-ci atterrit directement sur les épaules de Johnny.

— Aaaah! crie Johnny. Au secours!

Il crie de plus belle en se débattant. Ce n'est que quelques secondes plus tard qu'il se rend compte que le serpent est en plastique.

— C'est quoi cette blague? dit Johnny. Hé! Arrête cette caméra!

— Je ne peux pas et tu le sais très bien, dit Stu. Toi aussi, tu as joué de mauvais tours aux gens de Howling et ils vont nous donner beaucoup d'argent pour voir cette vidéo.

Johnny grogne.

— En plus, dit Stu en souriant, nous faisons tout cela pour aider l'entraîneur Gingras et pour une bonne cause!

Chapitre huit
Une leçon de vie

Johnny et l'entraîneur Gingras se tiennent devant la bibliothèque municipale. Une grande affiche explique aux habitants qu'une vidéo va être présentée à sept heures. Il y est également inscrit que, s'ils le souhaitent, les spectateurs peuvent faire des dons à l'organisme qui vient en aide aux enfants dans le monde.

C'est l'heure.

— Vraiment, dit Johnny à l'entraîneur Gingras. Je n'ai pas besoin de regarder. Je sais déjà ce qu'il y a sur la vidéo.

— Tout le monde à Howling sait ce qui se trouve sur cette vidéo, Johnny, dit l'entraîneur Gingras.

Ça fait des jours qu'ils en parlent! Une fille de Montréal qui bat un garçon dans tous les défis. Vous allez récolter beaucoup d'argent.

— Peut-être, mais tout le monde va rire de moi, dit Johnny. J'aimerais rentrer chez moi.

— Tu dois être là pour rire toi aussi, dit l'entraîneur Gingras. De cette manière, ils verront que tu n'es pas un mauvais perdant. Surtout après avoir joué tous ces tours aux habitants de Howling.

— C'est une leçon de vie, c'est ça? questionne Johnny.

— Exactement, répond son entraîneur.

— Si seulement ces leçons étaient plus amusantes… dit Johnny.

Il suit l'entraîneur Gingras qui entre dans la bibliothèque.

On dirait que tous les habitants de Howling se sont déplacés pour voir le film. Ils sont rassemblés dans une petite salle devant une télévision.

Stu et Tammy se tiennent devant la scène, à côté du poste de télévision.

— Tammy est là, chuchote l'entraîneur Gingras à l'oreille de Johnny.

— Oui, répond Johnny, c'est bien la fille qui m'a battu à tous les défis.

Tammy porte une robe et des talons hauts. Son rouge à lèvres, d'un beau rouge cerise, dépasse de ses lèvres. Elle ressemble davantage à un garçon très laid qu'à une jolie fille.

— Tu as raison, dit l'entraîneur Gingras en riant, ce ne sera pas une leçon de vie très amusante.

— Ha! Ha! répond Johnny, l'air mécontent. Est-ce qu'on peut rester au fond de la salle?

— Pas de problème, dit l'entraîneur Gingras. De toute manière, tout le monde te regarde.

Il a malheureusement raison. Johnny essaie de sourire à tous les gens qui le dévisagent. Il a joué de bien mauvais tours aux habitants de Howling

toutes ces dernières années et ceux-ci semblent être très heureux d'être là.

— Où est Tom? chuchote encore l'entraîneur Gingras à l'intention de Johnny. Je croyais qu'il serait le premier à venir.

— Peut-être a-t-il décidé de me soutenir en n'étant pas témoin de mon humiliation, dit Johnny à son entraîneur. Vous auriez pu vous abstenir de venir, vous aussi.

— Aucune chance, dit l'entraîneur Gingras. Ça va être très drôle.

Stu fait signe à tout le monde.

— Allo! dit Stu. Laissez-moi vous présenter la cousine de Tom. Son nom est Tammy.

— Bonjour tout le monde! dit Tammy de sa voix aiguë. Je suis contente d'être ici. J'ai beaucoup apprécié ma visite dans cette belle petite ville.

Tout le monde applaudit.

— Vous savez tous que notre équipe essaie de recueillir de l'argent pour une bonne cause,

annonce Stu. Nous espérons que vous allez aimer
la vidéo et que vous allez donner généreusement.

Les gens applaudissent plus fort.

C'est à ce moment que Stu démarre la vidéo.
On voit Tom et Stu dans la chambre de Johnny.
Tom a un verre d'eau à la main. Les garçons crient

et sont bleus de peur en découvrant le masque sous les couvertures. Ils crient encore plus fort en se faisant empoigner les chevilles par Johnny.

Cette première partie de la vidéo fait rire tous les spectateurs. Ils applaudissent bruyamment. Ensuite, lorsque les applaudissements se calment, Stu met la deuxième partie de la vidéo. Celle-ci montre la voiture électrique de Stu qui essaie de poursuivre une vache. Les spectateurs peuvent clairement voir la voiture qui reste coincée et ce qui se passe ensuite.

Tout le monde rit et applaudit de plus belle. À cet instant, Stu se lève et parle à la foule.

— L'idée de faire des blagues aux habitants de Howling tout en les filmant était de Johnny, dit Stu. Alors, Tom et moi avons décidé de lui donner une petite leçon. Nous espérons que vous aimerez le reste de notre présentation.

Stu remet la vidéo en marche.

Chapitre neuf
Tammy?

La suite montre Tom qui demande à Johnny s'il va jouer des tours à Tammy. On peut également voir la course entre Johnny et Tammy près de l'école. Les habitants de Howling rient en découvrant l'hameçon accroché aux shorts de Johnny.

— Attendez un peu! s'exclame Johnny stupéfait. Un hameçon!

Tout le monde s'esclaffe.

— Oui, dit Stu. Il arrête la vidéo et s'adresse à Johnny. Je t'ai donné une claque sur l'autre jambe pour que tu ne remarques pas quand je l'ai accroché à tes shorts.

Les gens rient encore plus fort.

Stu remet la vidéo en marche. On peut voir Johnny qui court jusqu'à ce que ses shorts tombent. Stu rembobine la vidéo pour passer la scène au ralenti. Il la passe trois fois de suite. Les spectateurs rient tellement que certains d'entre eux en pleurent.

— Je vais vous donner trente dollars! dit en riant M. Wright, le directeur de l'école.

— Moi aussi! ajoute l'entraîneur Gingras. Qui veut aider les Loups gris à Gaston à amasser de l'argent?

Plusieurs personnes dans la salle lèvent la main.

Les défis de hockey suivent. Les gens rient de nouveau en découvrant le coup du papier collant sous les patins de Johnny et celui de la rondelle déséquilibrée. Ils rient encore plus fort du masque sur la voiture électrique et du serpent qui tombe de l'arbre sur l'épaule de Johnny.

Une fois la représentation terminée, les gens se lèvent et applaudissent avec enthousiasme.

— Je vais faire un don de cinquante dollars! annonce un spectateur.

— Et moi de soixante dollars! lance un autre. C'était génial!

Johnny regarde l'entraîneur Gingras d'un air triste.

— Est-ce que c'est encore une leçon que je dois apprendre?

L'entraîneur Gingras sourit.

— C'est une grande leçon pour toi et c'est pour une bonne cause. Je crois que je vais ajouter trente dollars de plus.

Stu fait de nouveau un geste pour obtenir le silence. Jusqu'à présent, la vidéo a rapporté aux garçons six cents dollars.

— Ce n'est pas tout! dit Stu. Nous avons gardé le meilleur pour la fin, n'est-ce pas, Tammy?

— Oui, dit Tammy. Je vais vous expliquer pourquoi Johnny était incapable de me battre, et pourquoi je n'ai pas eu peur du masque. Je savais ce qui allait arriver depuis le début. Je savais que Johnny allait se trouver sous l'arbre et c'est moi qui y avais installé le serpent en plastique.

Tammy retire alors ses souliers à talons hauts.

Ensuite, elle enlève sa robe. Elle porte un maillot des Loups gris à Gaston et des shorts de sport. Elle retire ses lunettes noires et, finalement, sa longue chevelure blonde. À cet instant, les gens réalisent que Tammy n'est pas une fille!

— Salut à tous! dit Tom en essuyant son rouge à lèvres. C'était vraiment très amusant de rire aux dépens de Johnny!

Tout le monde se met à rire et à applaudir.

— Merci, dit Tom. Nous allons vendre des copies de cette vidéo à tous ceux qui le désirent. Tout l'argent récolté ira évidemment à l'organisme de charité.

Il continue.

— Est-ce que tu aimerais dire quelque chose Johnny?

— Oui, répond Johnny stupéfait. Je dois avouer que vous m'avez bien eu. Je vais vous donner vingt dollars pour avoir une copie de cette vidéo. Pour pouvoir m'en rappeler longtemps. Après tout... c'est pour une bonne cause!

Les gens applaudissent Johnny car il a démontré qu'il n'est pas mauvais perdant.

— Ne t'inquiète pas, Johnny, dit Tom. Si nous gagnons les billets pour aller voir jouer l'équipe des Canadiens de Montréal nous t'emmènerons avec nous.

— Tu vois, dit l'entraîneur Gingras, tu as appris une bonne leçon aujourd'hui.

— C'est vrai, avoue Johnny.

Les garçons ont de grandes chances de gagner.

Pour finir, Stu aura son billet. Johnny aura son billet. Tom aura son billet. Finalement, le quatrième billet ira à l'entraîneur Gingras pour qu'il puisse les conduire au Centre Bell, où ils verront les Canadiens de Montréal jouer. Il leur a aussi annoncé qu'il leur montrera la chambre des joueurs. C'est génial!

Photographie de l'auteur par Reba Baskett

Sigmund Brouwer est l'auteur de nombreux livres à succès destinés aux enfants et aux jeunes adultes. Il aime se rendre dans les écoles pour parler aux élèves de lecture et de son métier d'écrivain. Au cours des dix dernières années, il a animé des ateliers d'écriture dans des lieux aussi variés que le cercle arctique ou le centre-ville de Los Angeles. Accompagné de sa famille, il partage son temps entre sa maison de Red Deer, en Alberta, et celle de Nashville, au Tennessee.

Photographie de l'auteur par CMC-Denis Brodeur

Vainqueur de la coupe Stanley, **Gaston Gingras** a passé dix saisons au sein de la Ligue nationale de hockey. Il a joué, entre autres, avec les Maple Leafs de Toronto et les Blues de St-Louis, et quatre saisons avec les Canadiens de Montréal, aux côtés de légendes vivantes comme Larry Robinson et Guy Lafleur. Il habite Montréal et se rend régulièrement dans des communautés du nord-est de l'Arctique, où il joue au hockey et participe à des initiatives d'alphabétisation.